हिन्द पॉकेट बुक्स

भरत से भारत

विश्वामित्र की पुत्री शकुन्तला का लालन-पालन महर्षि कण्व ने अपने आश्रम में किया। शकुन्तला ने एक ऐसे वीर बालक भरत को जन्म दिया, जिसके नाम पर हमारे देश का नाम भारत पड़ा। उसके पिता हस्तिनापुर के राजा दुष्यन्त थे। भरत बचपन से ही बहादुर और साहसी था। वह बचपन में शेरों एवं उनके बच्चों के साथ खेला करता था। इस पुस्तक में पांच गंधर्वों की एक अन्य रोचक कहानी भी है।

ये महाभारत की कहानियां हैं, जिन्हें छोटों एवं किशोरों के लिए सजाया-संवारा गया है, ताकि इन्हें पढ़कर उनमें अच्छाई-बुराई को जानने, सच्चे रास्ते पर चलने और बहादुर बनने की प्रेरणा जाग सके।

ये कहानियां बहुत सरल भाषा में और रोचक ढंग से लिखी गई हैं। इसलिए इन्हें याद करने में भी बड़ी आसानी होगी। सभी कहानियों में रेखाचित्र और आख़ीर में एक प्रश्नावली दी गई है, ताकि पढ़ने के बाद लगे हाथ आपकी परीक्षा हो सके।

सुरुचिपूर्ण एवं प्रेरणादायक महाभारत की सचित्र कहानियाँ

भरत से भारत

रामकुमार भ्रमर

हिन्द पॉकेट बुक्स
पेंगुइन रैंडम हाउस इम्प्रिंट

हिन्द पॉकेट बुक्स

यूएसए | कनाडा | यूके | आयरलैंड | ऑस्ट्रेलिया | सिंगापुर
न्यू ज़ीलैंड | भारत | दक्षिण अफ्रीका | चीन

हिन्द पॉकेट बुक्स, पेंगुइन रैंडम हाउस ग्रुप ऑफ़ कम्पनीज़ का हिस्सा है,
जिसका पता global.penguinrandomhouse.com पर मिलेगा

पेंगुइन रैंडम हाउस इंडिया प्रा. लि.,
चौथी मंजिल, कैपिटल टावर -1, एम जी रोड,
गुड़गांव 122 002, हरियाणा, भारत

पेंगुइन
रैंडम हाउस
इंडिया

प्रथम संस्करण हिन्द पॉकेट बुक्स द्वारा 2012 में प्रकाशित
यह संस्करण हिन्द पॉकेट बुक्स में पेंगुइन रैंडम हाउस द्वारा 2022 में प्रकाशित

चित्र : प्रभात श्रीवास्तव

10 9 8 7 6 5 4 3 2

ISBN 9789353491574

टाइपसेटिंग: स्कैनसेट, नई दिल्ली
मुद्रकः रेप्रो इंडिया लिमिटेड

www.penguin.co.in

FSC www.fsc.org MIX Paper from responsible sources FSC® C047271

This is a legitimate digitally printed version of the book and therefore might not have certain extra finishing on the cover.

भरत से भारत

पांच हज़ार साल पहले भारत आर्यावर्त्त कहलाता था। यहां एक वीर और बलवान राजा दुष्यन्त राज करते थे। वे बड़े ही धर्मात्मा और न्यायप्रिय थे। प्रतिदिन निश्चित समय पर आकर कोई भी सीधा राजा से मिलकर अपना कष्ट बता सकता था।

एक दिन दुष्यन्त की सभा में दो ऋषिकुमार आये। उनके साथ एक सुन्दर युवती भी थी। एक ऋषिकुमार आगे बढ़कर अपना परिचय देते हुए बताया, "महाराज मेरा नाम खंडी है और यह मेरा छोटा भाई शिखंडी है। हम ऋषिश्रेष्ठ कण्व के शिष्य हैं और यह महर्षि की पुत्री शकुन्तला है।"

राजा ने शकुंतला को देखा कि वह सुन्दर कन्या दुखी लग रही थी। दुख का कारण जानने को वह व्यग्र हो उठे।

खंडी, शिखंडी और शकुंतला राजा दुष्यन्त की सभा में

"राजन्!" खंडी ने कहा, "हम आपसे न्याय मांगने आये हैं। महर्षि कण्व ने हमें शकुंतला के साथ इसलिए भेजा है ताकि उसे उसके पति को हम सौंप आयें।"

राजा ने सहज रूप से पूछा, "कहां है इसका पति?" राजा का प्रश्न सुनकर दोनों युवकों और शकुंतला को बड़ा आश्चर्य हुआ।

"महाराज!" खंडी ने हाथ जोड़कर निवेदन किया, "आप ही इसके पति हैं। क्या आप देवी शकुंतला को पहचान नहीं पा रहे?"

सुनते ही राजा को क्रोध आ गया और सभा में सन्नाटा फैल गया। राजा ने क्रोध को दबाकर कहा, "युवक, तुम्हें मालूम है कि तुम क्या कह रहे हो! इस समय तुम आर्यावर्त्त के महाराज दुष्यन्त की सभा में हो!"

"हां महाराज," खंडी दृढ़ आवाज में बोला "हमने जो कुछ कहा है, सोच-समझकर ही कहा है।

आपने शकुंतला से गांधर्व विवाह किया था, आप ही इसके पति हैं। क्या आपको याद नहीं?"

खंडी की बात समाप्त होते-होते शकुंतला रोने लगी। राजा को बहुत क्रोध आ गया और वह ऊंची आवाज में बोला, "तुम्हें अपने राजा पर ऐसा आरोप लगाते हुए भय नहीं लगा? मैंने इस युवती से गंधर्व विवाह किया, और मैं ही भूल गया हूं? तुम्हारी बुद्धि तो सही है?"

इस बार शकुंतला ही बोल उठी। सिसकियों के कारण उसका गला रुंधा था और टीक से शब्द भी नहीं निकल रहे थे, "याद करने का प्रयत्न

कीजिए, मैं आपकी शकुंतला हूं..वह जिससे आप वन में मिले थे तब आप रास्ता भूल गये थे। क्या अब भी आपको कुछ याद नहीं आया?"

राजा दुष्यन्त ने बहुत प्रयत्न किया पर उन्हें कुछ भी याद नहीं आ रहा था। उन्होंने पूछा, "हे युवती! तुम्हारे पास मेरी कोई निशानी है?"

"शकुंतला को याद आया कि उसके पास राजा की दी हुई अंगूठी है। उसने फौरन अपने हाथ की उंगलियां देखीं। लेकिन अंगूठी नहीं थी। कहां गई वह? उसे फिर रोना आ गया।

उसने रोते-रोते ही कहा, "मुझे दुःख है कि आपकी निशानी मुझसे खो गई? क्या आपको याद नहीं कि आपने अपनी अंगूठी किसी लड़की को दी थी? याद कीजिए। आपको याद आ जाएगा कि वह लड़की मैं ही हूं।"

राजा दुष्यन्त उपेक्षा से हंस पड़े। बोले, "राजाओं के पास तो हज़ारों अंगूठियां होती हैं। वह किस-किस अंगूठी को याद रख सकते हैं। तेरे पास तो वह अंगूठी भी नहीं है, जो तू कहती है कि मैंने तुझे दी थी।"

सारी सभा ऋषिकुमारों और शकुंतला की बातों पर उन्हें धूर्त समझने लगे। ऋषिकुमार प्रमाण न होने के कारण भीतर ही भीतर क्रोध से उबलते हुए भी चुप थे।

शकुंतला सिसक-सिसककर कह रही थी कि मैं झूठी और चालाक नहीं हूं। भगवान् के लिए अपने मस्तिष्क पर जोर डालिए राजन्! मुझे याद करने का प्रयत्न कीजिए।"

राजा दुष्यन्त किसी पर भी अन्याय नहीं करते थे और न अन्याय होने देते थे। पर वह क्या करें? शकुंतला और ऋषिकुमारों के बहुत प्रार्थना करने पर भी उन्हें कुछ याद नहीं आया।

आख़िर उन्होंने शकुंतला को और उसके साथी ऋषिकुमारों सहित बाहर निकलवा दिया।

निराश शकुंतला और दुःखी ऋषिकुमार खंडी और शिखंडी नगर से वन के लिए चले गये।

राजा दुष्यन्त सोचने लगे थे, कहीं सचमुच कोई ऐसी घटना तो नहीं हुई थी? कहीं वह स्वयं ही किसी के साथ अन्याय तो नहीं कर रहे? जिस तरह ऋषिकुमारों के साथ आई युवती ने दुष्यन्त के सामने न्याय मांगा था, उससे राजा का मन दरक गया था।

कभी राजा शकुंतला को झूठी समझते, किन्तु उसके रोने और बार-बार प्रार्थना करने पर विचार करते तो उस पर अविश्वास करने को मन नहीं होता था।

राजा मन-ही-मन परेशान हो उठे। उन्होंने याद करने की पूरी कोशिश की, पर उन्हें कुछ याद नहीं आ रहा था।

राजा को लगा कि यदि किसी कारण वह सब कुछ भूल गए हैं और यदि शकुंतला ने जो कुछ कहा, वह सच निकले, तब तो उन्हें अपने-आप को दंड देना होगा। वरना लोग उनकी आलोचना करेंगे और विद्वान् उनकी निन्दा करेंगे।

आख़िर उन्होंने सभासदों के सामने अपने मन के विचार रखे। सभासदों को अनेक बार विचार करने का अवसर दिया कि राजा से कोई अपराध हो जाए तो क्या दंड की व्यवस्था होगी। सभी पहलुओं पर विचार करके और यह माना गया कि राजा का काई दोष नहीं है। उनका विचार था कि अपराध और भूल दो अलग-अलग बातें हैं और जानकर की गई भूल दंडनीय है, अनजाने में हुई भूल के लिए दंड देना उचित नहीं। अनजाने हुआ दोष संयोग माना जा सकता है, अपराध नहीं। और संयोग के लिए दंड नहीं देते।

2

बहुत समय नहीं हुआ था कि महाराज दुष्यन्त की सभा में कुछ सैनिक एक मछेरे को पकड़कर हाज़िर हुए। नायक ने बताया कि 'महाराज! इस मछेरे का कहना है कि इसे एक बहुमूल्य रत्नजटित अंगूठी मछली के पेट से मिली है।'

राजा हैरान हुए और पूछा, "कहां है वह?"

चांदी के थाल में अंगूठी रखकर राजा के सामने लायी गई।

राजा ने अंगूठी को गौर से देखा। सहसा उसे उठा लिया और बुदबुदाकर कह उठे, "हे भगवान्! यह अंगूठी तो मेरी है! पर यह मछली के पेट में कैसे पहुंच गई?"

रत्नजटित अंगूठी मछली के पेट में मिली, यह बात मंत्री दुष्यन्त को बतलाता है

राजा दुष्यन्त लगातार अंगूठी को देखे जा रहे थे। वह जैसे कुछ याद करने का प्रयत्न करने लगे थे और लग रहा था जैसे बहुत कुछ याद भी आ रहा है।

उन्हें याद आ गया कि यह अगूंठी उन्होंने शकुंतला को ही दी थी। उससे गन्धर्व विवाह भी किया था।

अंगूठी हस्तिनापुर के राजा की राज-अंगूठी थी। उस पर एक शील भी लगी हुई थी। वह शील केवल राजा ही रख सकता था।

इस अंगूठी ने प्रमाणित कर दिया था कि महाराज दुष्यन्त ही शकुन्तला के पति हैं।

3

महाराज दुष्यन्त को सब कुछ याद आ गया था। उन्होंने एकदम कहा, "जाओ, तुम लोग! जल्द से जल्द उन ऋषिकुमारों और उस युवती को खोजो। वह सच कह रही थी— वह शकुन्तला ही है। मेरी पत्नी।"

सैनिक, पहरेदार और अनेक लोग सभाभवन से बाहर दौड़ गए—उन्हें शकुन्तला और उन ऋषिकुमारों को खोज निकालना था।

राजा दुष्यन्त अंगूठी को आंखें भरे हुए देखते रहे। मन-ही-मन अपने-आप को धिक्कारने लगे— यह क्या भूल कर बैठे वह?...शकुन्तला को देखकर भी पहचान नहीं सके? उन्हें एक ऋषि का ध्यान आया, जिसके आश्रम में उन्होंने शकुन्तला को पहली-पहली बार देखा था। हे भगवान्! उस भले चरित्र वाली स्त्री पर मैं कैसा अन्याय कर बैठा।

मछेरा उसी तरह हाथ जोड़े सभा में खड़ा था। राजा का ध्यान जब उसकी ओर गया तो उन्होंने कहा, "जाओ मछेरे! तुम आज़ाद हो। मैं तुम्हारी बात का विश्वास करता हूं। तुमने यह अंगूठी चुराई नहीं थी।"

मछेरा खुशी-खुशी लौट गया।

महाराज दुष्यन्त का मन दुःख से भारी हो उठा। उन्हें यह भी डर लग रहा था कि कहीं शकुन्तला के इस तरह वापस जाने और आश्रम जा पहुंचने पर महर्षि कण्व उन्हें श्राप न दे दें।

महाराज दुष्यन्त ने मछेरे के जाते ही सभा विसर्जित कर दी थी। थोड़ी देर पहले ही राजा ने जो विचार-विमर्श किया था— उससे सबको साफ़ पता चल गया था कि राजा मन-ही-मन अपने को अपराधी मान रहे हैं।

उधर दुःख और पीड़ा से भरी हुई शकुन्तला, खंडी और शिखंडी के साथ महाराज दुष्यन्त के महल से निकलते ही तेजी से वन की ओर चल पड़ी थी। वह अपमान से भरी थी। राजा दुष्यन्त ने उसके साथ छल किया था।

जब तक मछेरा पकड़ा गया, राजा को शकुन्तला से भेंट की बात याद आई और उसने शकुन्तला की खोज का आदेश दिया, तब तक ऋषिकुमारों सहित शकुन्तला जंगल में इतने आगे जा चुकी थी कि उनको खोज पाना असम्भव हो गया। गंगा तट पर आकर उन्होंने एक नाव किराये पर ली, फिर तेजी से नदी पार करने लगे।

मछेरे को सेनिक राजा की सभा में उपस्थित करते हैं

शकुन्तला दुःख से भरी हुई इस समय भी रो रही थी। उसे यही दुःख था कि राजा के पूछने पर वह उन्हें उनकी दी राज-अंगूठी नहीं दिखला सकी। उसे खूब याद था कि जिस समय वह आश्रम से चली थी, उस समय वह अंगूठी उसके पास थी। फिर रास्ते में ही कहां खो गई? वह गंगा नदी पार करने के लिए जब नाव में बैठी थी, तब अंगूठी उसकी उंगली में थी। शायद नाव में ही वह अंगूठी गिर गई होगी।

अंगूठी खोजने के इरादे से उसने खंडी से कहा, "भइया, मुझे लगता है कि महाराज दुष्यन्त की दी हुई अंगूठी मैंने उस नाव में गिरा दी, जिसमें हम गंगा पार करके आए थे।"

खंडी ने स्नेह से भोली शकुन्तला को देखा, फिर कहा, "तुम बहुत सीधी हो बहन! हज़ारों नाविक गंगा में नावें चलाते हैं। उनके बीच उस नाविक को खोज पाना क्या आसान है?"

शकुन्तला चुप रह गई। खंडी ठीक ही कह रहा था। हज़ारों नाविकों में कौन कहां है, क्या पता चलता? खंडी ने कहा, "अब तो एक ही रास्ता है बहन, कि हम ऋषि-श्रेष्ठ कण्व के पास पहुंचकर उन्हें बतला दें कि दुष्यन्त से न्याय नहीं मिला। वह विद्वान् हैं, उनको सभी लोग मानते हैं। अवश्य ही वह कोई राह खोज निकालेंगे, जिससे तुम्हें तुम्हारा अधिकार मिल सके।"

शकुन्तला शान्त रही, पर उसकी आंखों से आंसू उसी तरह बहते रहे। सबसे ज्यादा दुःख इस बात का था कि वह भरी सभा में अपमानित हुई थी। उसे झूठी और छली कह दिया गया था।

"मुझे लगता है बहन, कहीं कोई ऐसा कारण हुआ है कि जिससे महाराज अपनी स्मृति भुला बैठे हैं।" खंडी ने कहा।

शकुन्तला क्रोधित हो जाना चाहती थी, पर उसे याद आया कि उसे तो श्राप मिला हुआ है।

फिर उसने कहा, "हां, भाई मुझे याद आया...एक बार एक ऐसी ही घटना हुई थी। शायद मेरे पति इसी कारण मुझे भूल गए हैं।"

और शकुन्तला ने वह घटना रोते-रोते कह सुनाई।

वह घटना कुछ समय पहले घटी थी। शकुन्तला और दुष्यन्त गन्धर्व विवाह कर चुके थे। दोनों ही बहुत प्रसन्न और आनंदित थे, तभी राजा को अपनी राजधानी जाना पड़ा। जाते समय वह शकुन्तला को भरोसा दे गए थे कि राजधानी पहुंचते ही बड़े बाजे-गाजे के साथ शकुन्तला की विदाई के लिए अपना भव्य रथ आश्रम में भेज देंगे।

राजा चले गए तो शकुन्तला रोज़ उनकी राह देखने लगी। सोते-जागते शकुन्तला महाराज दुष्यन्त की सुधि में ही भूली रहती। ऐसे ही एक दिन की बात है।

4

शकुन्तला पूजा के लिए सुबह-सुबह फूल चुनकर लाई और अपनी कुटिया में बैठ कर उनकी माला बनाने लगी। पर उसका मन महाराज दुष्यन्त के आगमन की कल्पनाओं में खोया हुआ था...तभी द्वार पर एक तेजस्वी ऋषि आ खड़े हुए। उनका नाम दुर्वासा था, "देवी!" उन्होंने कहा, "हमें भिक्षा दो!"

पर शकुन्तला अपने-आप में खोई हुई सुनकर भी नहीं सुन सकी।

"देवी!" तेजस्वी ऋषि का स्वर तेज हो गया था। उन्होंने कुछ अधिक ज़ोर से कहा, "सुना तुमने, हम भिक्षार्थी हैं? क्या महर्षि कण्व के पवित्र आश्रम में आकर भी हम खाली हाथ लौट जाएंगे?"

ऋषि दुर्वासा ने शकुन्तला को श्राप दिया

पर शकुन्तला उसी तरह द्वार की ओर से पीठ किए हुए महाराज दुष्यन्त के ध्यान में मग्न रही।

"सुन रही हो तुम? हमें भिक्षा दो। कहां ध्यान लगा है तुम्हारा?" ऋषि कुछ क्रोधित होने लगे।

पर शकुन्तला उसी तरह अपने-आप में खोई रही।

ऋषि के क्रोध का पार नहीं रहा। उन्होंने चीखकर कहा, "हे पुत्री, तू जिसके ध्यान में खोई हुई है, वही तुझे एक दिन भूल जाएगा— मैं यह श्राप तुझे देकर यहां से जा रहा हूं!"

ऋषि क्रोध में इतने ज़ोर से बोले थे कि शकुन्तला का ध्यान टूट गया और उसने भौंचक्के होकर पीछे देखा कि द्वार पर एक क्रोधित ऋषि खड़े हैं। "हे भगवान्! यह मुझ से कैसी भूल हुई। ऋषि खड़े हैं और मैं उन्हें देख ही नहीं सकी?" कहकर वह तेजी से ऋषि का स्वागत-सत्कार करने भागी, पर ऋषि इस बीच इतना गुस्सा हो चुके थे कि उन्होंने शकुन्तला की बात ही नहीं सुनी और अपना श्राप पुनः दोहरा दिया और जाने के लिए मुड़े।

शकुन्तला ने तुरन्त ही रोते-गिड़गिड़ाते हुए तेजस्वी ऋषि के पैर पकड़ लिए, प्रार्थना करने लगी, "नहीं, नहीं ऋषिवर! मेरे अपराध का इतना बड़ा दंड मुझे मत दो! मुझे क्षमा कर दो! मैं आपसे दया की भीख मांगती हूं!"

पहले तो ऋषि ने कुछ नहीं सुना, फिर जब शकुन्तला ने उनके पैर

छोड़े ही नहीं, उसी तरह गिड़गिड़ाती रही तो उनका मन पसीज गया। उन्होंने कहा, "बेटी एक बार मेरे मुंह से जो निकल गया, वह असत्य नहीं हो सकता। मैं अब तेरे लिए केवल इतना कर सकता हूं कि उस श्राप के बाद तुझे आशीर्वाद दे दूं। जा! मैंने तेरा दोष माफ़ किया तू जिसके ध्यान में खोई हुई थी, वह तुझे भूलेगा तो अवश्य— पर समय रहते उसे याद भी आ जाएगी। फिर सब ठीक-ठाक हो जाएगा।"

शकुन्तला रोती-सिसकती ही रह गई थी। ऋषि चले गए।

5

सब कुछ सुनकर खंडी एकदम बोल पड़ा, “यही कारण था कि महाराज दुष्यन्त तुझे भूल गए। वही तो मैं सोच रहा था कि दुष्यन्त इतने धर्मात्मा आदमी हैं, भला ऐसा अधर्म और अन्याय कैसे कर सकते हैं!”

“पर भइया, ऋषि ने तो मुझे क्षमा करके यह भी कह दिया था कि समय रहते उसे याद आ जाएगा...पर महाराज दुष्यन्त तो...कुछ भी याद नहीं कर सके हैं।” शकुन्तला ने चिंतातुर होकर प्रश्न किया।

खंडी ने उत्तर दिया, “निस्संदेह उन्हें सब याद आ जाएगा, पर ऋषि ने कहा था, ‘समय रहते।’ शायद वह समय अभी नहीं आया।”

“पर...कब आएगा वह समय?” शकुन्तला ने दुःखी स्वर में कहा।

नाव नदी के दूसरे तट पर जा लगी। खंडी और शिखंडी उससे उतरे। शकुन्तला को सहारा देकर उतारा। फिर तीनों महर्षि कण्व के आश्रम की ओर चल पड़े।

महर्षि कण्व के आश्रम के पास वे पहुंचे, वैसे ही शकुन्तला की सहेलियां दौड़ी-दौड़ी उसके पास जा पहुंचीं। महर्षि कण्व भी आ पहुंचे थे। खंडी-शिखंडी ने उन्हें एकांत में ले जाकर सारी घटना कह सुनाई। सब सुनकर कण्व को बहुत क्रोध आया। उन्होंने राजा दुष्यन्त को श्राप देना चाहा कि शकुन्तला चीख पड़ी थी, "नहीं-नहीं। पूज्य पिता! ऐसा मत कीजिए!"

कण्व चकित होकर उसे देखते रह गए! शकुन्तला उनके पैर पकड़े हुए हिचकियां भर-भरकर रो रही थी। कण्व की आंखों में भी बेटी का दुःख देखकर आंसू भर आए। उन्होंने शकुन्तला को उठाया और आंसू पोंछते हुए पूछा, "पर बेटी, जिस दुष्ट राजा ने तेरे साथ ऐसा अन्याय किया है क्या तू उसे भी श्राप नहीं मिलने देना चाहती?"

"हां, पिता जी!" शकुन्तला ने सिसकते हुए उत्तर दिया, "उसमें महाराज दुष्यन्त का कोई दोष नहीं है। दोषी तो मैं अभागिन ही हूं..."

"वह क्यों शकुन्तला?" कण्व हैरान हो गए।

शकुन्तला ने तेजस्वी ऋषि दुर्वासा से मिले श्राप की घटना कह सुनाई। सुनकर कण्व को भी लगा कि इसमें महाराज दुष्यन्त का कोई दोष नहीं है। बहुत सोच-समझकर उन्होंने कहा, "तब ठीक है! हमें उस समय की प्रतीक्षा करनी होगी, जब ऋषि का दूसरा वचन पूरा होगा।"

इधर महाराज दुष्यन्त को सब कुछ याद आ चुका था। रह-रहकर लगता था कि अनजाने में ही सही, पर एक दिन निर्दोष ऋषि पुत्री के साथ उन्होंने अन्याय कर डाला है।

6

सारी राजधानी और आस-पास के नगर-क्षेत्रों में सैनिक, अधिकारी शकुन्तला और ऋषिकुमारों की खोज कर रहे थे।

सभी दिशाओं से निराश होकर सैनिक अपने अधिकारियों के साथ वापस राजा की सेवा में जा पहुंचे। निवेदन किया, "महाराज! क्षमा करें। वे ऋषिकुमार और देवी शकुन्तला कहीं नहीं मिले !"

ऐसा कैसे हो सकता है।" राजा दुष्यन्त चीखे, "उन्हें खोजो! वे मिलने ही चाहिए। यदि वे न मिलें तो शकुन्तला के साथ तो अन्याय कहलाएगा ही, एक राजा के न्याय और धर्म दूषित हो जाएंगे! जाओ, उन्हें फिर खोजो।"

खोज-बीन फिर शुरू हो गई। खोजते-खोजते सैनिक दल नदी के किनारे तक जा पहुंचे।

सैनिक एक-एक व्यक्ति से पूछ रहे थे कि उन्होंने दो ऋषिकुमारों के साथ एक सुन्दर युवती तो नहीं देखी?

आखिर शिवि नामक नाविक ने बताया कि, "हां, मैंने उन्हें यहीं तट पार उतारा था। उन्होंने कृपा पूर्वक मुझे अतिरिक्त पुरस्कार भी दिया था।"

"किस दिशा में?"

शिवि ने दिशा बतला दी।

"क्या तुम बतला सकते हो कि वे क्या बातें कर रहे थे?"

"वे महाराज दुष्यन्त को लेकर बात कर रहे थे..." शिवि ने माथे पर हाथ फिराते हुए कहा। किसी अंगूठी की खोज को लेकर उन लोगों में बातें हो रही थीं। एक ऋषिकुमार कह रहा था कि महर्षि कण्व के पास चलते हैं। अब वही कोई राह निकालेंगे।"

उन्होंने शिवि को धन्यवाद दिया और चल पड़े।

शीघ्र ही यह सारी सूचना महाराज दुष्यन्त के पास पहुंचा दी गई। महाराज दुष्यन्त ने आदेश प्रसारित किया था, "इसी समय हम महर्षि कण्व के आश्रम को चलेंगे। तैयारी की जाए।"

महाराज दुष्यन्त अपने मंत्रियों को ऋषिकुमारों को खोजने का आदेश देते हैं

तैयारियां शुरू हो गयीं। महाराज के साथ सदा रहने वाले विशेष सेवक और अंगरक्षक अपने-अपने घरों से बुला लिए गए। उन्हें राजा दुष्यन्त के साथ आश्रम तक जाना था।

राजा ने सभी आश्रमवासियों के लिए अमूल्य उपहारों की भी व्यवस्था की और चल पड़े।

उधर शकुन्तला इतनी शोकग्रस्त थी कि उसका रोना नहीं थम रहा था। चिंतित सहेलियां उससे भोजन के लिए अनेक बार कह चुकी थीं, किन्तु शकुन्तला ने अन्न का एक दाना भी मुंह में नहीं डाला था। शकुन्तला के इस दुःख को देखकर सभी आश्रमवासी और महर्षि कण्व भी बहुत दुखी हो रहे थे। उनकी समझ में नहीं आ रहा था कि किस तरह दुखी शकुन्तला को धीरज बंधायें।

शकुन्तला के दुख का एक और बड़ा कारण उसके गर्भ में पल रहा महाराज दुष्यन्त का होने वाला बालक था। गर्भवती स्त्री को तो अच्छे-से अच्छा खाना चाहिए था, पर शकुन्तला थी कि खाना ही भूल गई थी।

महर्षि कण्व ने आश्रमवासी स्त्री-पुरुषों को एकत्र किया और उनसे सलाह-मशविरा करने लगे— क्या किया जाये? दुखी शकुन्तला को सुख किस तरह दिया जाए? सभी की राय थी कि यह जगह शकुन्तला के लिए ठीक नहीं है। यहां वह महाराज दुष्यन्त को लगातार याद करती रहेगी। खंडी बोला, "हम अगर यह बदल दें तो..."

एक ने पूछ भी लिया था, "पर जगहें तो सभी एक-सी मिलेंगी। वही नदी, पहाड़, वन, झरने सभी जगहों पर मिलेंगे..."

बात तो ठीक है— पर कण्व ऋषि के दिमाग में और विचार आया। उन्होंने पहले शिष्य की बात का समर्थन किया— कहा, "खंडी ने ठीक ही कहा है। यदि यह जगह छोड़कर हम किसी और वन-पहाड़ के पास जा बसें तो अच्छा रहेगा। इस तरह शकुन्तला की यादें कुछ हल्की पड़ जाएंगी...पृथ्वी, झरने, नदी आदि एक जैसे होते हुए भी उस तरह के नहीं होंगे, जिस तरह के स्थानों पर शकुन्तला और दुष्यन्त घूमते रहते थे...हो सकता है कि इस तरह शकुन्तला का मन थोड़ा-बहुत बहल जाये।"

सभी इस राय पर सहमत हो गए। निर्णय किया गया कि तुरन्त ही स्थान छोड़ दिया जाएगा। सांझ ढलते-ढलते महर्षि कण्व और उनके शिष्य-शिष्याओं का समूह जंगलों पहाड़ों में घूमता हुआ उपयुक्त स्थान की खोज में आगे बढ़ गया।

7

महाराज दुष्यन्त भांति-भांति के मूल्यवान् उपहार आदि लिए हुए जब ऋषि कण्व के आश्रम पर पहुंचे तो उन्होंने पाया कि वहां सन्नाटा फैला था। लगता था कि थोड़ी ही देर पहले सब कुछ लेकर वहां रहने वाले लोग जा चुके हैं।

देर तक खोज-तलाश के बाद जब कोई नहीं दिखा तब राजा ने आदेश दिया, "इस जंगल को खोजो! अगर वे लोग कुछ देर पहले ही निकले होंगे तो अधिक दूर नहीं जा सके होंगे।"

सारे दिन और रात में आप-पास जंगल में खोज-पड़ताल हुई, पर कोई नहीं मिला।

महाराज दुष्यन्त शकुन्तला के बारे में सोचते हुए

महर्षि कण्व और उनके आश्रमवासी स्त्री-पुरुष रात ढल जाने पर एक कन्दरा में विश्राम करने के लिए रुक गये थे। महर्षि कण्व ने सभी आश्रमवासियों को हिदायत दे दी थी कि रात के समय कहीं कोई बाहर न निकले, क्योंकि वहां जंगली जानवरों के अतिरिक्त राक्षसों का भी भय था अतः वे सभी शांत भाव से अपनी-अपनी जगहों पर लेटे या छिपे हुए थे।

दुष्यन्त के सैनिक बेसब्री से उन्हें खोजते हुए उस कन्दरा तक भी आ पहुंचे, पर यह समझकर कि कहीं वे उत्पातकारी राक्षस न हों, ऋषियों के परिवारजन नहीं निकले।

इधर किसी को न पाकर, ऊपर-ऊपर से ढूंढ-खोज करके दुष्यन्त के सैनिक इस जंगल से लौट गए।

दुष्यन्त को जब सभी ओर से समाचार मिला कि महर्षि कण्व या उनके शिष्यों का कहीं अता-पता नहीं है, तब वे पुनः राजधानी की ओर लौट चलै। वह मन-ही-मन पछता रहे थे।

पर अब हो भी क्या सकता था! बात हाथ से निकल चुकी थी। दूसरी ओर उस एकांत जंगल में महर्षि कण्व और उनके शिष्य-शिष्याओं ने अपना नया आश्रम बना लिया था। पहले की ही तरह पूजा, यज्ञ-हवन आदि होने लगे थे।

सुन्दर, सुकुमार शकुन्तला पहले की ही तरह एकांत वनों में भटकती हुई गुमसुम रहा करती थी। महाराज दुष्यन्त उसे भूल चूके थे— इस बात ने उसका मन छलनी कर दिया था।

समय-समय पर महर्षि कण्व उसे सांत्वना और साहस बंधाते। कहते, "बेटी, धीरज से काम लेना ही मनुष्य की सबसे बड़ी शक्ति होती है। वह भगवान् की पूजा भी कहलाती है।" किन्तु शकुन्तला का दुःख इस सांत्वना से भला कहां कम होता था।

महाराज दुष्यन्त भी सोचते थे कि अब मालूम नहीं, जीवन में शकुन्तला से उनकी कभी भेंट हो भी सकेगी या नहीं? वह दिन-रात भगवान् से प्रार्थना करते थे कि वह एक बार शकुन्तला के दर्शन करा दें। राजा दुष्यन्त अपनी भूल के लिए पश्चात्ताप करना चाहते थे। शकुन्तला से क्षमा मांगना चाहते थे। इसी तरह दिन बीतते गए।

8

एक दिन सभी आश्रमवासियों ने सुना कि शकुन्तला के पुत्र हुआ है! इस पुत्र की खबर ने सभी आश्रमवासियों को आनन्द और उत्साह से भर दिया। जंगल में मंगल होने लगे।

शकुन्तला का बहुत सुन्दर पुत्र हुआ। सभी ने उसे देखा, तो हर्ष से फूले न समाए। वह शकुन्तला का ही नहीं, एक बहुत बड़ा राज्य हस्तिनापुर का होने वाला राजा भी था। महर्षि कण्व ने स्वयं ही उसकी जन्म-कुण्डली बनाई और यह देखकर फूले न समाए कि बालक के ग्रह बड़े तेजस्वी थे, फिर उन्होंने आश्रमवासियों के सामने कुछ चौंकाने वाली घोषणायें कीं।

महर्षि कण्व ने कहा, "शकुन्तला का यह पुत्र बहुत प्रतापी होगा।

इसके ब़ल, शौर्य एवं वीरता की दूर-दूर तक चर्चा ही नहीं होगी, बल्कि इसके यश-प्रताप के सब जगह गीत गाए जायेंगे। इस महावीर के नाम पर एक भूखंड की पहचान होगी और सदियों तक इस बालक की वीरता, पराक्रम और चतुरता के चर्चे चलते रहेंगे।"

भला शकुन्तला का पुत्र आश्रम में रहकर वैसा कैसे बन सकता है, जिस तरह की चर्चा महर्षि कर रहे हैं? अपने मन का यही संदेह दूर करने के लिए खंडी ने हाथ जोड़कर पूछा "पूज्य गुरुदेव! शकुन्तला का पुत्र हम सभी की तरह साधारण ऋषि-कुल में पलेगा...फिर भला वह किस तरह राजा बन सकेगा?"

तेजस्वी ऋषि ने शांत स्वर में उत्तर दिया, "चिन्ता मत करो, मनुष्य का भाग्य बड़ा प्रबल होता है। उसके साथ उसका कर्म जब जुड़ जाता है, तब वह भगवान् का संपूर्ण अंश बन जाता है।

शकुन्तला का बालक ऐसा ही है। समय आने पर ऐसी परिस्थितियां आ जायेंगी कि यह बालक अपने पिता को प्राप्त कर लेगा और तब यह राजा बनेगा।"

"किन्तु देव," शकुन्तला ने पिता को टोका, "इसके पिता तो इसे ही नहीं, इसकी माता तक को भूल चुके हैं— भला वह किस तरह याद करेंगे कि मैं उनकी पत्नी हूं और वह मेरे पति हैं?"

"वह सब भी हो जाएगा!" वृद्ध ऋषि ने उत्तर दिया, "पर हर बात उसी समय होती है, जब उसका समय आता है। अभी तक वह समय नहीं आया है— जल्दी ही आने वाला है।"

महर्षि कण्व ने शिष्यों को आदेश दिया, "शकुन्तला ऋषि पुत्री भले ही हो, किन्तु इसके पुत्र की शिक्षा-दीक्षा और सभी संस्कार राजा के बेटों जैसे होने चाहिए।"

"सो किस तरह होंगे महाराज? हाथ जोड़कर एक ऋषि ने पूछा।

"इसे धनुष-बाण चलाना, निशाना लगाना और घुड़सवारी आदि सिखाया जाएगा। इसका लालन-पालन एक ब्राह्मण के पुत्र की तरह नहीं, क्षत्रिय के पुत्र की तरह होगा और वह सारी व्यवस्था मैं स्वयं करूंगा।"

और इस तरह शकुन्तला के बालक की सारी देख-रेख ऋषियों के बीच रहकर भी राजा के पुत्र की तरह होने लगी। यही नहीं महर्षि ने उस बालक का नामकरण भी कर दिया। यज्ञ-हवन आदि की औपचारिकता के बाद उसे नाम दिया गया— भरत!

तब कौन जानता था कि महर्षि कण्व की भविष्यवाणी के अनुसार यही भरत ऐसा प्रतापी राजा बनेगा, जिसके नाम पर समूचे देश का नाम ही पड़ जायेगा। यही भरत था, जिससे बाद में आर्यावर्त— भारत देश कहलाया।

महाराज दुष्यन्त, राज-काज सम्हाल तो रहे थे, किन्तु शकुन्तला को भूल नहीं सके थे। जब-जब एकांत होता, उन्हें शकुन्तला और उसके होने वाले पुत्र की याद आ जाया करती। वह मन-ही-मन अपने पूर्व पाप पर दुखी हो जाते।

समय बीतते-बीतते राजा का मन सारी चीजों से उचटने लगा। उन्हें अपना पुत्र याद आता था। कैसा होगा वह? यही सोच-सोचकर दुख में घुलते।

शिकार का शौक वैसा ही बना हुआ था। इसी शिकार के शौक ने उन्हें एक दिन शकुन्तला तक पहुंचाया था। उनका मन कहता था कि इसी शिकार के शौक के कारण हो सकता है, भूले-भटके किसी वन में शकुन्तला, महर्षि कण्व या राजा दुष्यन्त के अपने ही पुत्र से उनकी भेंट हो जाए।

9

एक दिन कुछ विशेष सैनिक साथ लेकर महाराज दुष्यन्त शिकार के लिये चल पड़े।

जैसे-जैसे राजा दुष्यन्त शिकार के लिए जंगल में आगे बढ़ते गये, वैसे-वैसे उन्हें शकुन्तला और अपने पुत्र की याद अधिक सताने लगी।

उन्हें स्मरण आ रहा था कि इसी प्रकार शिकार के पीछे दौड़ते-दौड़ते वह अपने सैनिकों से बिछड़ गये थे और जिस हिरन का पीछा वे कर रहे थे, वह अचानक किसी गुफा में विलीन हो गया था।

शाम ढलने लगी थी। वे स्वयं और उनका घोड़ा बेहद प्यासे थे। आस-पास कहीं जल दिख नहीं रहा था। और न यह पता चल रहा था कि

वे कहां पहुंच गये हैं। घोड़े को पेड़ से बांध वे जल की तलाश में निकले तो एक तरफ से कहीं झरने की आवाज सुनाई दी। किसी प्रकार गिरते-हांफते राजा उस झरने तक पहुंचे।

अभी उन्होंने मुंह-हाथ धोने के लिए हाथ बढ़ाया ही था कि एक कोमल नारी स्वर ने टोका, "कौन है वहां?"

राजा ने चकित होकर देखा तो पाया कि कोई उनकी ओर बढ़ा चला आ रहा है।

पास आने पर पाया कि वह एक सुन्दर युवती थी, जिसके बाल सूर्य की किरणों के समान सुनहरी थे और आंखें सागर की तरह नीली। राजा दुष्यन्त उसे मंत्रमुग्ध हो देखते ही रह गये।

"कौन हो तुम और यहां क्या कर रहे हो?" सुन्दरी ने पूछा।

राजा ने शांत किन्तु थके स्वर में कहा, "देवी, मेरा नाम दुष्यन्त है और मैं हस्तिनापुर का राजा हूं। मैं शिकार करने निकला था पर जंगल में राह भटक कर यहां आ पहुंचा हूं। क्या मैं जान सकता हूं कि यह कौन-सी जगह है?"

युवती ने वन-प्रान्त का नाम बताया और कहा, "आप महर्षि कण्व के आश्रम में आ पहुंचे हैं राजन्! मैं महर्षि की पुत्री शकुन्तला आपका इस आश्रम में स्वागत करती हूं।"

शकुन्तला ने आगे कहा, "आप लम्बी वनयात्रा से थक चुके हैं। आपको विश्राम की आवश्यकता है। आप मुंह-हाथ धोइये और फिर मेरी

पर्णकुटी तक चलिए। वहां आपके लिए भोजन तथा विश्राम की व्यवस्था कर देंगी।"

महाराज दुष्यन्त अब भी मंत्रमुग्ध हो शकुन्तला को देखे जा रहे थे। ऋषिकन्या ने सुन्दरता से ही नहीं अपने सद्व्यवहार से भी राजा को प्रभावित किया था। वह जितनी सुन्दर थी, उतनी ही बोलने में मीठी और सरल भी थी।

महाराज ने मन-ही-मन विचार किया कि अगर उन्हें शकुन्तला जैसी रानी मिल जाए तो यह उनका अहोभाग्य होगा।

दुष्यन्त ने जल्दी-जल्दी मुंह-हाथ धोये तो थकान कुछ कम हुई और वह उसके पीछे-पीछे पर्णकुटी की ओर चल पड़े।

10

पर्णकुटी में पहुंचकर शकुन्तला ने दुष्यन्त को कन्द-मूल-फल खाने को दिए और आदरपूर्वक एक मृगछाल का आसन बिछाकर उनके सोने का प्रबन्ध कर दिया। पर महाराज थकान के बावजूद सो नहीं सके। शकुन्तला पर मुग्ध राजा दुष्यन्त ने निर्णय कर लिया था कि वे शकुन्तला को अपनी रानी बनाएंगे।

देर तक सो न पाने पर पर्णकुटी के बाहर निकल आये। उन्होंने देखा कि शकुन्तला हिरन के बच्चों को कुछ खिला रही है।

वह शकुन्तला के सामने पहुंचे और मधुर स्वर में बोले, "देवी, एक बात कहूं तो क्रोधित तो नहीं होंगी?"

"महाराज, आप हमारे अतिथि हैं। अतिथि की सेवा परम धर्म होता है। आज्ञा दीजिए कि मैं आपकी क्या सेवा करूं?" शकुन्तला ने कहा।

दुष्यन्त बोले, "शकुन्तला, मैं तुमसे विवाह करना चाहता हूं।"

शकुन्तला एकदम शरमा गई, पर अपने-आपको संभालकर बोली, "इसकी स्वीकृति तो मेरे पिता महर्षि कण्व ही दे सकते हैं राजन्! और वह इस समय दूर वन में तपस्या कर रहे हैं।"

"किन्तु उस समय तक मैं प्रतीक्षा नहीं कर सकता देवी!" दुष्यन्त ने और विनम्र होकर कहा, "क्या तुम मुझसे गांधर्व विवाह कर सकती हो?"

शकुन्तला चुप रही। राजा दुष्यन्त उसे भी अच्छे लगे थे। गन्धर्व विवाह का नियम यह था कि यदि लड़की के माता-पिता, बड़े-बूढ़े न भी हों, तो वह विवाह वे दोनों ही मिलकर कर सकते थे। राजा दुष्यन्त ने उसी विवाह के लिए कहा था।

और फिर उन दोनों ने गन्धर्व विवाह कर लिया था।

महाराज दुष्यन्त अपनी सीधी-सादी पत्नी के पास कुछ दिनों वहीं रहे, फिर जब उन्हें जंगल से ढूंढ़ते हुए उनके साथी शिकारी और सैनिक आ गए तब राजा वहां से विदा हुए।

शकुन्तला को उन्होंने जो अंगूठी दी थी, वही अंगूठी उन्हें मछली के पेट से तब मिली, जबकि शकुन्तला को वह पहचान नहीं सके थे।

और जब शकुन्तला याद आ गई थी, तब तक शकुन्तला जाने कहां गुम हो गई थी।

महाराज दुष्यन्त बेचैनी से खोज कर रहे थे। तब उन्हें शकुन्तला याद हो आई थी। उनकी आंखें भर आई थीं।

11

सारे दिन महाराज दुष्यन्त शिकार की खोज में सैनिकों के साथ जंगल में घूमते रहे, पर उन्हें न तो कोई हिरन दिखाई पड़ा, न ही बाघ। सहसा दुष्यन्त चौकन्ने हो गये। पास ही कहीं से शेरों के गुर्राने की आवाजें आ रही थीं।

इसका मतलब है कि आसपास ही कहीं किसी शेरनी की मांद है। उन्होंने साथियों को चेतावनी दी।

वे सब सतर्क हो गए। राजा संभल-संभलकर चल रहे थे। उन्होंने अनुभव किया कि पास ही कहीं झाड़ियों के पीछे से शेरों की आवाजें आ रही हैं...

वे आवाजें ऐसी थीं, जैसे शेरों या शेरनियों की न होकर शेर के बच्चों की हों।

और अगला कदम बढ़ाते ही राजा ने ऐसा दृश्य देखा कि उन्हें अपनी ही आंखों पर अविश्वास होने लगा। यह क्या...?

लगभग आठ-नौ साल का एक छोटा-सा बच्चा, जिसके गले में सुन्दर और बहुमूल्य मणियों की माला पड़ी थी— शेर के बच्चों से खेल रहा था। वह इस तरह अठखेलियां कर रहा था जैसे अपने साथियों, हमउम्र बच्चों के साथ कोई बच्चा खेलता है। उसके पास ही एक शेर और शेरनी चुपचाप बैठे हुए उस बच्चे और अपने बच्चों को देख रहे थे।

"आश्चर्यजनक!" राजा दुष्यन्त के होंठों से बोल फूट पड़े, "ऐसा साहसी और निडर बालक?...कितनी शक्ति होगी इसमें? हे भगवान् ! मेरी आंखों को तो भरोसा ही नहीं आ रहा है कि जो दीख रहा है, वह सच है!"

और सचमुच भला कैसे किसी को विश्वास आ सकता था कि एक नन्हा-सा बालक खूंख्वार, जंगली शेर-बच्चों के साथ इस तरह खेल रहा होगा जैसे कोई कुत्तों के पिल्लों से खेलता है। बच्चे का दुस्साहस देखकर उन्हें पसीना आ गया था।

अपने-आप को संभालकर वह बच्चे से बोलने ही बाले थे कि अचानक उन्होंने पाया— बच्चा उछला और एक बड़े शेर की पीठ पर सवार हो गया। वह अपने नन्हें-नन्हें हाथों से उसका मुंह फाड़ने की कोशिश करने लगा।

महाराज दुष्यन्त वन में साहसी व निडर बालक को देखते हैं

शेर जोर से गुर्रा रहा था। शायद वह इस बात पर नाराज था कि उसके न चाहते हुए, बच्चा उसका मुंह खोल रहा है— पर आश्चर्य! बच्चे की शक्ति और इच्छा के सामने शेर की एक नहीं चली। बच्चे ने अपने दोनों पंजों में उसके जबड़े पकड़े और मुंह फाड़ दिया— अब वह मुंह की ओर झुककर उसके दांत गिनने लगा था, "एक...दो...तीन...चार..."

और इस तरह उसने शेर के पूरे दांत गिन डाले। फिर हाथ झाड़ता हुआ उतरा और उन्हीं के बीच बैठ गया।

कमाल है।...राजा अब भी हड़बड़ाए खड़े थे।

अचानक शेर-शेरनी उठे और एक ओर चल पड़े। बच्चा वहीं बैठा रहा। शेर के बच्चे भी अपने माता-पिता के पीछे-पीछे टहलते हुए चले गए...और बच्चा चुपचाप बैठा दूर, झील की ओर देखने लगा।

जब राजा दुष्यन्त ने समझ लिया कि खतरा नहीं है, तब वह चुपके से झाड़ी से बाहर आए। बच्चे के सामने जा खड़े हुए। गौर से उसे देखने लगे। लगता था कि वह बच्चा नहीं, अजूबा है।

"कौन हो तुम?" अचानक रोबदार आवाज में उस दिलेर बच्चे ने सवाल किया।

"मैं...मैं दुष्यन्त हूं। हस्तिनापुर का राजा।"

"ओह। तो आप महाराज हैं?" बच्चे ने कहा, फिर मुस्कराकर, चारों ओर घूमकर दुष्यन्त को देखने लगा।

“क्या देख रहे हो बच्चे!” राजा ने पूछा।

“मैं देख रहा हूं कि राजा होते कैसे हैं?” बच्चे ने मासूमियत से जवाब दिया, “मैं तो ऋषियों के बीच रहा हूं ना— मैंने राजा नाम सुना है, उन्हें देखा कभी नहीं।”

बच्चे की आवाज भी मीठी थी, वह सुन्दर और आकर्षक भी थी। उसके चेहरे पर सूरज की किरणों जैसा तेज समाया हुआ था।

दुष्यन्त ने मुस्कराकर पूछा, “तुम्हारा नाम क्या है बेटे?”

“मैं किसी का बेटा नहीं हूं— मैं सिर्फ अपनी मां का बेटा हूं।” बच्चे ने अचानक कुछ नाराज होकर उत्तर दिया।

राजा बच्चे से बहुत प्रभावित हो चुके थे। वे उसकी असंभव बहादुरी भी देख चुके थे। समझ गए थे कि जरूर वह किसी तेजस्वी माता-पिता की संतान है।

“अच्छा, अच्छा!” राजा ने प्यार से सवाल किया, तुम्हारा नाम क्या है?”

“भरत।”

“और तुम्हारी माता का नाम?”

“शकुन्तला।”

"शकुन्तला...?" राजा को आश्चर्य का एक और झटका लगा। चौंककर पूछा, "वही शकुन्तला जो महर्षि कण्व की पुत्री हैं?"

"हां, वहीं।" भरत ने उत्तर दिया।

"कहां हैं वह?"

"आश्रम में।"

"तुम मुझे उनके पास ले चलोगे, भरत?" राजा ने प्रश्न किया।

"चलिए..." अभी भरत का वाक्य पूरा हुआ ही था कि एक ओर से शकुन्तला आ पहुंची।

वह भरत को ही खोज रही थी। पर राजा दुष्यन्त को सामने पाकर वह चकित रह गई। उनके मुंह से निकला," आप... महाराज!"

"हां, देवी..." दुष्यन्त की आवाज भर आई। आंखें गीली हो गई। उन्होंने दया-याचना की आवाज में कहा, "मुझे क्षमा कर दो, देवी, मैं भूल गया था। सच कहता हूं, न जाने मुझे क्या हो गया कि तुम्हें पाकर भी तुम्हें मैं पहचान नहीं सका..."

"मुझे लज्जित न कीजिए, राजन्। यह...यह भरत आप ही का पुत्र है।" शकुन्तला की आंखों में आंसू बहने लगे थे।

महाराज दुष्यन्त ने तुरन्त आगे बढ़कर शकुन्तला को गले से लगा लिया और भर्राई आवाज में कहा, "शकुन्तला! यह सब भाग्य की बात है

कि हम लोग मिलकर भी एक-दूसरे को पहचान नहीं सके।"

भरत आश्चर्य से उन दोनों को देख रहा था। शकुन्तला ने जब उसे बतलाया कि महाराज दुष्यन्त ही उसके पिता हैं तब वह हैरान हो गया। उसने मीठी-सी आवाज में पूछा, "पिता, आप अब तक कहां थे?"

दुष्यन्त को बहुत लज्जा आई, तुरन्त उत्तर नहीं दे सके। शकुन्तला ने फौरन बात सम्हाल ली, "तुम्हारे पिता बहुत बड़े राजा हैं बेटे! वह राजकाज सम्हालने में दिन-रात व्यस्त रहते हैं। इसीलिए तुमसे नहीं मिल सके।"

12

दुष्यन्त ने भरत को गोद में उठा लिया और बहुत स्नेह किया। इसके बाद वे तीनों महर्षि कण्व के निवास की ओर चल पड़े।

अब महाराज दुष्यन्त अपने बहादुर पुत्र के साथ जल्दी-से-जल्दी राजधानी पहुंचना चाहते थे। उनका युवराज उनकी गोद में था। यह सोच-समझकर वह गौरवान्वित हो रहे थे कि उनका बेटा भरत केवल बहादुर ही नहीं, असाधारण योद्धा भी होगा। वह साहस की सभी सीमाओं को बचपन में ही पास कर चुका था।

महर्षि कण्व और आश्रमवासियों ने महाराज दुष्यन्त, उनकी पत्नी शकुन्तला और पुत्र भरत को स्नेहाशीर्वाद देकर आश्रम से विदा किया। शकुन्तला और दुष्यन्त ने बड़े स्नेह से भरत का लालन-पालन किया।

युवराज भरत, जिनके नाम पर हमारे देश का नाम भारत पड़ा

भरत बचपन से ही शक्तिशाली और साहसी थे। भरत ने युवा होते ही अनेक छुटपुट राजाओं को परास्त किया, अनेक युद्धों में विजय हासिल की। कुछ ही समय में यह कहा जाने लगा था कि युवराज भरत जब किसी पर आक्रमण कर दें या उनसे कोई युद्ध कर बैठे, तो जीतना असम्भव है।

उनके राज्य में कभी अनीति नहीं हुई। भारत देश की सीमाएं दूर-दूर तक भरत के कारण ही फैलीं। भरत अपने से पहले और बाद के अनेक राजाओं की तुलना में इतने शक्तिशाली और इतने न्यायप्रिय साबित हुए कि उनके नाम पर ही लोगों ने उसे सम्पूर्ण क्षेत्र का नामकरण कर दिया, जिसके वह राजा थे। इस तरह से बना...भारतवर्ष

भरत ने बचपन में ही ऐसे-ऐसे कारनामें किए थे कि उन्हें एक और नाम भी दिया गया था— सर्वदमन। वह, जो सभी का दमन कर सकता हो। भले कितना भी शक्तिशाली और बहादुर उनके सामने क्यों न आ जाए।

किन्तु भरत नाम से ही वे विश्वविख्यात हुए। और उन्हीं से पहचान हुई भारत की।

●●●

पांच गंधर्व

रानी सुदेष्णा की सुंदरी दासी, उसके रक्षक पांच गंधर्व और घटना में आया द्रौपदी नाम... सुदेष्णा को सूचना देते हुए सैरंध्री नामक उस सुंदरी ने यह भी कहा था कि, वह कृष्ण की रानी सत्यभामा और पांडव-भार्या द्रौपदी की विशेष दासी रह चुकी है।

सैरंध्री? नाम को अनत ने मस्तिष्क की अनंत गहराइयों में उतार लिया था। वह राजमहल में जा पहुंचा। राजमहल से रनिवास में।

"किधर जाते हो?'' सैनिकों ने रोक लिया था उसे।

नर्म शब्दों में प्रार्थना की, "मैं विराटनगर निवासी हूं— नाम है विरुपाक्ष! मेरी भार्या सैरंध्री कभी महाराज युधिष्ठिर की पत्नी द्रौपदी की विशेष सेविका थी। उसी से भेंट करना चाहता हूं।"

"पर पांडव-पत्नी तो अब यहां नहीं हैं।" सैनिक ने उत्तर दिया था, "वह तो पांडवों के साथ वनवास में गई थीं। एक लम्बे समय से न तो उनका पता है, न पांडवों का! तुम्हारी पत्नी अब यहां कैसे हो सकती है।"

"किंतु वह तो मेरे पास नहीं लौटी।" अनत ने चेहरा रुआंसा बना लिया।

अनत का चितिंत स्वर सुनकर द्वारपाल को उससे गहरी सहानुभूति होने लगी। साथी से परामर्श करके वह भीतर पहुंचा था। लगभग कुछ ही पलों बाद वह लौटा। एक सेविका साथ थी।

द्वारपाल बोला था, "जो जानना चाहते हो, इनसे जान सकते हो।"

इससे पूर्व कि मुख्य सेविका प्रश्न करे, अनत ने सभी कुछ कह सुनाया। मुख्य सेविका के माथे पर बल पड़े। फिर शांत स्वर में उत्तर दिया, "मुझे खेद है पुत्र, इस नाम की कोई सेविका द्रुपद पुत्री की सेवा में कभी नहीं रही।"

अनत ने निराश स्वर में उत्तर दिया था, "पर यह सत्य है कि मुझे सैरंध्री ने यही बतलाया था..."

मुख्य सेविका अर्थपूर्ण ढंग से मुसकराकर बोली, "मुझे भी खेद है कि तुम्हारी पत्नी ने तुम्हें असत्य सूचना दी।"

अनत रूआंसा होकर लौट पड़ा था। फिर वह जल्दी-जल्दी रनिवास

की सीमा से बाहर निकल आया था। अब न उसके चेहरे पर निराशा थी, न ही व्यग्रता।

एक निश्चिंत-दृढ़ता ने मन को स्फूर्ति युक्त कर दिया था। माथे में अब भी सैरंध्री का नाम कौंध रहा था...

प्रसिद्ध था कि कुरुराज्य के पास जितने चतुर गुप्तचर हैं। अनत एसा ही था। अंगराज कर्ण की विशेष कृपा मिली थी अनत को। ठीक ही था, यदि अनत किसी तरह पांडुपुत्रों का पता कर सका, तो वह कुरुराज दुर्योधन के विश्वसनीय सेवकों में आ जाएगा।

अनत ने निश्चित कर लिया था कि कोई कमी नहीं छोड़ेगा, पर समय कम था...अज्ञातवास का आधे से अधिक समय बीत चुका था... सिर्फ छह माह बचे थे, कुछ माह पूर्व ही राजा दुर्योधन तक पांडवों का पता पहुंचाना होगा...।

सब दारोमदार अनत पर। अनत की सूचना के चार शब्द और कृष्ण के सारे दांव-पेंच समाप्त। कितना बड़ा श्रेय मिलेगा अनत को?

वह नगर में था...विराटनगर की ओर चलने के पूर्व ही राजा विराट और मत्स्य देश संबंधी काफी चौंकानेवाली जानकारियां मिली थीं उसे। राजा विराट सौंदर्य और कला में लिप्त है। राज्य शक्ति पूरी तरह उनके साले कीचक के हाथ में है।

रानी सुदेष्णा ने राजा को प्रभाव में इस तरह ले रखा है कि कीचक जो चाहता है, वह होता है। कीचक की शक्ति के सामने राजा और रानी दोनों

ही उसकी हर अनीति, को सहने के लिए बाध्य हैं। निश्चिंत था अनत। विराटनगर को लेकर, जितना संभव था, जान चुका था।

अब उसे किसी तरह विराटनगर में कुछ समय बिताना था। इस समय के लिए कहीं शरण पानी थी। अतिथि सेवा आर्यावर्त की मर्यादा है। कहीं आतिथ्य पा जाना कठिन नहीं था।

अनत के होठों पर एक मुस्कान उभर आई थी। अनत को इसी दिशा-निर्देश पर चलना होगा...सैरंध्री के रूप-रस की गंध इस देश के पार तक फैली हुई है।

अनत ने समझ लिया था— आसानी से राज-महल की सेवा में आ पाना असंभव! एक सैनिक बोला था, राजा विराट अन्य देश के व्यक्ति को सेवा में लेते समय हजार तरह देख-परख करते हैं। मुझे संदेह है कि तुम्हें राजा सेवक बनाएंगे।

अनत पूछ लिया था, "तब मैं क्या करूं?"

सैनिक ने कहा, "इतना सुंदर व्यक्तित्व पाकर निराश होने की क्या आवश्यकता? तुम नृत्य या संगीत में शिक्षा लो और किसी भी राजा का मन मोह लो?"

सैनिक हंसे थे... तीसरे ने मजाक को अधिक ही तीखा और रसमय बनाया। बोला, " एक बात कहूं, आगंतुक?"

अनत ने मूर्ख-भाव से उसका चेहरा देखा।

सैनिक ने कहा था, "हमें ऐसी सुदर्शन छवि मिली होती तो सेवा में समय नष्ट न कर किसी कला में दक्षता के लिए श्रम साधते।"

सैनिक जोर से हंसे। अनत खिसियानी-सी हंसी-हंसकर लौट पड़ा। उसने गंभीरता से उस सैनिक के फूहड़ मजाक पर सोचा, फिर अपने ही भीतर हंस दिया। मन हुआ कहे, "तुमने गुरुमंत्र दिया है बंधु! मैं प्रसन्न हुआ।''

संन्यासी लोकहित में शरीर तक त्याग सकता है और गुप्तचर अपने कार्य में आत्मा तक त्याग सकता है! छल, षड्यंत्र, न्याय, सत्य यहां तक कि उसके अपने निजत्व का संपूर्ण उपयोग करके उसे उद्देश्य प्राप्ति करनी चाहिए।"

सहज कौतूहलवश अनत ने पूछ लिया था, "किंतु पितृ ऐसा करते समय यदि किसी की ममता आहत हो, प्रेम, विश्वास या सत्य को क्षति पहुंचे तब?"

हंसे थे उसके पिता— यह हंसी ही उत्तर थी। बोले थे, "सब गुप्तचर के लिए तनिक भी विचारणीय या चिंतनीय नहीं। उसका धर्म केवल अपना लक्ष्य पाना... केवल अपने उद्देश्य की प्राप्ति करना है। इसके अतिरिक्त सोचने-समझने का भी उसे अधिकार नहीं। गुप्तचर, केवल गुप्तचर है!"

"तब धर्म"

"कर्मवादी का धर्म केवल उसका कर्म"

अनत ने गुप्तचरी की नीति के वाक्य को मन में गहरे तक बैठा लिया था।

वह राजमहल की ही किसी सुदर्शना दासी को अपने जाल में फंसाएगा...उसके माध्यम से राजमहल में प्रवेश पाएगा...उसी के माध्यम से सूचना प्राप्त करेगा! दो दिनों तक एक मंदिर के प्रकोष्ठ में बिताने के बाद अनत ने उस सखी को खोज लिया था। हासिनी नाम था उसका। हासिनी महारानी सुदेष्णा की सेवा में थी।

रानी के श्रृंगार और रनिवास की सजावट में फूल जुटाना और उनको मालाओं के रूप में बनाना हासिनी का काम था। सभी सूचनाएं जुटाकर अनत उसके निवास पर जा पहुंचा था। जान-बूझकर उस समय पहुंचा, जब हासिनी घर में नहीं थी। वह हासिनी के रोगी पिता के सामने जा खड़ा हुआ।

कहा, "मेरा नाम विरुपाक्ष है। त्रिगर्त-वासी हूं। वहां के राजा सुशर्मा की सेवा में था, किंतु राजा ने रुष्ट होकर देश से निकाल दिया है, मुझे क्या आपके यहां शरण मिल सकेगी?''

माली की खरखराती आवाज आई, ''विराटनगर में अतिथि-सेवा सबसे बड़ा धर्म है पुत्र, किंतु...एक ही बात से चिंतित हूं। राजा सुशर्मा और हमारे महाराज..."

"इसीलिए तो आया हूं।" अनत ने तुरंत कहा, "महाराज विराट हमारे राजा से अप्रसन्न हैं। यही विचार कर मैं विराटनगर आया था कि मुझ देश-भक्त को यहां शरण मिल सकेगी।"

सुहस्त अनत की सरलता से प्रसन्न था। उससे कहीं अधिक प्रसन्न था कि अतिथि-सेवा का पुण्य मिलेगा।

सहसा उसे इस बात ने निराश कर दिया कि वह रोगी और कमज़ोर है पर यह सोचकर संतुष्ट हुआ कि उसकी पुत्री हासिनी के लिए यह संभव होगा।

हासिनी— उसके हर चरण की सीधी-सपाट राह! इस राह को पा लेना था अनत को। अनत ने उसे मोहित कर लिया।

एक दिन चिंतित हासिनी ने उसे बतलाया था, "कीचक मेरी सखी सैरंध्री पर मुग्ध हो गया है!"

"सैरंध्री! भीतर-ही-भीतर चौंक गया था अनत। सैरंध्री अनत की अनुमानित द्रौपदी! लगा था कि यही क्षण है, जब सैरंध्री को लेकर बहुत-कुछ सुन-जान सकता है अनत। वे एकांत में थे।

"सैरंध्री को विश्वांस है कि उसके स्वामी पांच गन्धर्वों में से कोई न कोई उसकी रक्षा अवश्य करेगा!" — उसने कहा था।

अनत के भीतर रहस्य के लिए कुरेदन बढ़ गई थी। बड़बड़ाकर वह इस तरह बोलने लगा था कि सरल हासिनी से बिना पूछे ही प्रश्न हो जाए, "विचित्र बात है! सब जानते हैं कि कीचक जैसा बलशाली विराटनगर ही नहीं, दूर-दूर तक नहीं है। कहने वाले कहते हैं कि वह कुरुराज दुर्योधन अथवा पांडुपुत्र भीम से ही तुलना योग्य है और यहां न दुर्योधन है, न भीम!"

"पर सैरंध्री के पांच गंधर्व हैं।" हासिनी ने तुरंत कहा था, "सैरंध्री कहती है कि वे गुप्त रहते हैं, किंतु हर पल उसकी रक्षा में सतर्क होते है।"

"यह और बड़ा आश्चर्य है!" अनत ने उत्तर दिया था, "मुझे विश्वास है कि ये गंधर्व निश्चित ही अलौकिक शक्तियों वाले होंगे!"।

अनत बोला, "देवी! जिस सैरंध्री को लेकर तुम सभी इस तरह प्रशंसा करते रहते हो— बतलाओ तो कैसी है वह?"

हासिनी ने वचन दे दिया, "ठीक है, मैं कल ही किसी तरह सैरंध्री को तुम्हें दिखा दूंगी!"

अगले दिन ही वह राज-उद्यान में उसे कचरा बुहारने अपने साथ ले पहुंची थी। निश्चित जगह खड़े रहने के लिए कहकर वह रनिवास में गई। अनत सफाई करने का अभिनय करते हुए उस द्वार की ओर दृष्टि लगाए रहा, जिधर से सैरंध्री सहित हासिनी लौटने वाली थी...।

अनत ने देखा और दंग रह गया। उधर कीचक अपनी हरकत से बाज़ न आया और सैरंधी के साथ छल करना चाहा। तब गंधर्वो ने उसे मौत के घाट उतार दिया। अनत ने उन्हें देखा और पहचान लिया। वह फिर वहां एक पल को भी नहीं रुका और दुर्योधन को इस रहस्य की सूचना देने हस्तिनापुर चल दिया कि वे पांच गंधर्व नहीं पांच पांडव हैं।

●●●

प्रश्नोत्तरी

1. महाराज दुष्यन्त की राज सभा में ऋषिकुमारों को किसने भेजा था?
   (अ) राजा भोज ने (ब) महर्षि कण्व ने
   (स) चन्द्रगुप्त ने (द) ऋषि दुर्वासा
2. ऋषिकुमारों का क्या नाम था?
   (अ) खंडी व शिखंडी (ब) खर व दूषण
   (स) कण्व व दुर्वासा (द) भरत व भारत
3. शकुन्तला किसकी पुत्री थी?
   (अ) ऋषि दुर्वासा (ब) महर्षि बाल्मीकि
   (स) विश्वामित्र (द) महर्षि कण्व
4. शकुन्तला को श्राप किसने दिया?
   (अ) राजा दुष्यन्त (ब) ऋषि दुर्वासा
   (स) महर्षि बाल्मीकि (द) महर्षि कण्व

5. शकुन्तला का लालन-पालन किसने किया था?

(अ) महर्षि कण्व (ब) ऋषि दुर्वासा

(स) महर्षि बाल्मीकि (द) विश्वामित्र

6. महाराज दुष्यन्त कहां के राजा थे?

(अ) पाटलीपुत्र (ब) तक्षशिला

(स) हस्तिनापुर (द) मगध

7. महाराज दुष्यन्त शिकार करते हुए कौन से ऋषि के आश्रम में जा पहुंचे?

(अ) महर्षि बाल्मीकि (ब) ऋषि दुर्वासा

(स) ऋषि भारद्वाज (द) महर्षि कण्व

8. महर्षि कण्व का आश्रम वर्तमान में किस राज्य में है?

(अ) बिहार (ब) उत्तराखण्ड

(स) उत्तर प्रदेश (द) मध्य प्रदेश

9. शकुन्तला के पुत्र का क्या नाम था?

(अ) भारत (ब) शिखंडी

(स) खंडी (द) भरत

10. हमारे देश का नाम किस राजा के नाम से पड़ा?

(अ) चन्द्रगुप्त मोर्य (ब) अशोक महान

(स) भरत (द) राजा हरिशचन्द्र

उत्तर

1. (ब), 2. (अ), 3. (स), 4. (ब), 5. (अ), 6. (स), 7. (द), 8. (ब)
9. (द), 10. (स)